儿童情绪管理与心理素质培养：

友谊

[法]卡琳·西蒙内特/著　　[法]安妮·吉拉德/绘　　陈潇/译

深圳出版社

为什么我会跟朋友吵架？
她经常说我不再是她的朋友了。

露丝，你再也不是我的**朋友**了！

"露丝，朋友之间吵架是很正常的。我们每个人都不一样，性格不同，所以很难永远意见统一。如果芬妮对你说，你不再是她的朋友，她其实是想说，你们**意见不统一**。"

那么，我们虽然是朋友，但也可以**意见不统一**，对吧？

"是的，扎克。你选择和他做朋友，是因为你们在某些方面有共同之处，你们喜欢同样的事物，但也有**不同之处**。就是这些不同之处让你们不能永远意见统一。"

我的朋友有时喜欢跟男孩子玩，**但我不喜欢，我不喜欢足球。**

"你可以不喜欢足球，不去踢足球。但是你不能要求你的朋友不去踢足球。你们是**不同**的。

"你可以在别处玩其他的东西，然后跟她分享你的经历。"

"你可以跟他解释说，虽然我们是朋友，但并不意味着我们要喜欢同样的东西、做同样的事。

"无论如何，你还是喜欢他的！

"友情要我们学会**宽容**。

"偶尔的争论可以让我们学会宽容。"

怎样才能做到**宽容**呢?

"**宽容**就是向对方张开双臂,倾听和接受对方跟自己不一样的地方。这就有点像是去某个国家旅行,那里的习俗跟我们的习俗不一样。一开始可能会让人有点害怕,但之后我们可以发现很多新事物。"

所以说,宽容,就是要试着跟朋友一起去踢足球?

"宽容,就是设身处地去理解朋友,而不是去**评价**她。要理解她喜欢足球的心情,因为这并不是只有男孩子才能玩的游戏。是的,你可以试着去踢球,但如果不喜欢也不用强迫自己。"

但是，如果她跟男同学一起玩，我就剩一个人了。

"你很难和男同学玩，所以感到**孤单**，是吗？"

是的，有点儿，我希望她跟我一起玩！

"这样就很难了，露丝，要试着分享朋友，因为他们不属于我们。我们不能霸占一个活人，你知道，每个人都是**自由的**。"

但是，我们可以**独霸**自己的玩具啊！

"是的，扎克，你的玩具属于你，但你的朋友不属于。"

"露丝，你觉得**孤单**，也是因为害怕她**抛弃你**，是吗？"

是的，有点这个意思，我怕她**扔下我一个人。**

"你的朋友不会扔下你的。她暂时不跟你玩，不代表她不喜欢你。露丝，你也一样，你可以跟其他人玩。你有一颗足够宽广的心，可以**接纳**所有人。"

她不会用其他人代替我的，是吗？就算她跟其他人一起玩，她心里还是有我的，是吗？

"是的，没错！当你们**再见面时**，你们会有好玩的故事跟对方分享。"

我们可以**拥有好多朋友**，是吗？

"是的，扎克，你可以在每个人身上发现不同的东西，永远可以**学到**新东西。"

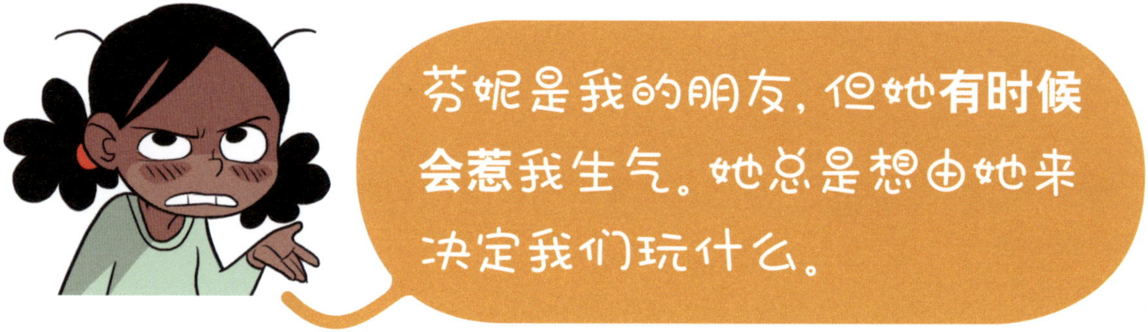

芬妮是我的朋友，但她有时候会惹我生气。她总是想由她来决定我们玩什么。

我说了我们是**郡长**！

郡长之星不是插在头发上的！

可我是**郡长公主**！

……所以**我想**把星插头发上！

吵架的时候，**我的朋友总是嘲笑我！**

看见了吧，我跟你可**完全**不一样……

……我**不会**摔倒！

"做朋友，也不是让对方随心所欲，对什么都**全盘接受**。

"要听从我们内心的指南针，知道对自己来说哪些是正确的，这很重要。"

内心的**指南针**是什么？

"就是你内心的小声音，它指引你了解自己想要的，知道自己什么能接受、什么不能接受。它会发出身体**信号**，你会感觉得到。"

"你会把自己的**感受**告诉你的朋友吗？"

"所以，下一次，露丝，如果你的朋友又对你发号施令，扎克，如果你的朋友又嘲笑你，我建议你们听从自己**内心的声音**。"

我们怎么说呢?

"如果你对我下命令或者嘲笑我，我会觉得不舒服，感到伤心和失望。"

如果她听不明白呢？

"你的朋友应该能听懂你的话。但是，露丝，有时候，大家无法互相理解，事情并不总是一帆风顺的。那时，我们最好把事情暂时放在一边，**让时间来解决**一切。"

如果他继续嘲笑我呢？

"一个真正的好朋友不应该对你说出**恶言恶语**。如果他经常这样做，就不要跟他做朋友了。你还可以把这件事告诉父母或者老师。"

　　"如果你们老是吵架，或者常常生气，你就会对他产生不好的印象。仿佛天都变黑了，我们只能看到负面的东西。

　　"我们甚至想做**坏事**。"

"当你想到跟朋友一起愉快地度过的 **美好时刻**，又是什么感受？"

"所以是时候敲响**和解**的钟声了！"

叮！

当！

怎样才能**和解**呢？

"我教你一个小窍门！如果想和解，
那大家都要倾听对方的想法。拿出一颗小石子，
这个代表**你的想法**。"

跟她说说
你肚子里
的球！

"如果你的朋友同意的话，你就把
小石子**给她**，让她握在手里听你说话，
然后告诉她你的想法和感受。"

"你讲完后，拿过小石子，握在手里，然后听你**朋友的想法**。"

"最后，你可以把小石子给她，或者自己留着。这不重要，重要的是小石子在你们之间**交换**。"

和解意味着我们一定要听对方的想法吗？

"是的，感觉到对方在听我们讲话，但不一定要同意我们的想法。这样做可以互相增进了解，朝对方迈进一步。"

所以说，就算我跟芬妮吵架了，我们还是朋友？

就算他惹我生气，我们还是朋友？

"是的，友情就是学会爱对方的全部，包括他的优点和缺点。"

要接受他的缺点不容易呢!

"争执可以让你成长,**学会**倾听对方想对你说的话,站在对方的位置考虑问题。如果不同意对方的意见,尽量找到适合的语言来表达。"

学会道歉,握手言和。

"是的,扎克,如果你能做到这点,你就是个**有勇气的人**。这也是一个优点!"

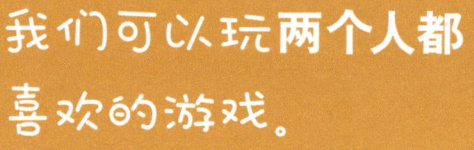

我们可以玩两个人都喜欢的游戏。

没错，我们都喜欢**星星**。

"朋友能给你力量，你们可以一起找到**解决办法**。"

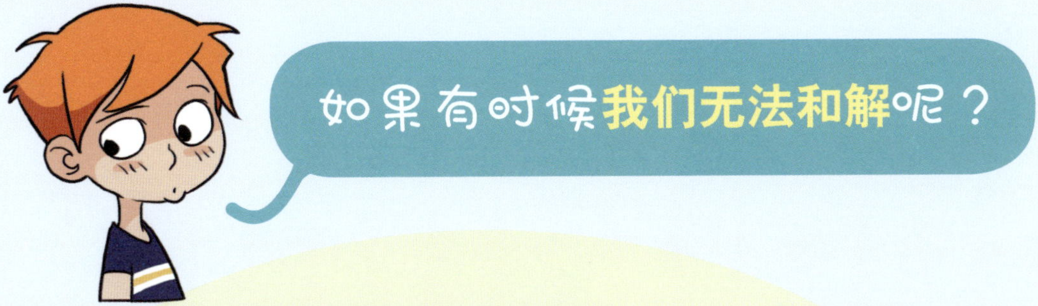

如果有时候**我们无法和解**呢？

"那么，扎克，你们可以不再做朋友。

"有的友谊不会一直持续下去。不过没关系，你们曾经拥有美好的时光。我们有权改变想法，**离开**对方。"

我们也可以做一辈子的朋友!

"是的！这个朋友会像**你的家人**一样！"

版权登记号 图字：19-2023-292号

Originally published in France as : L'amitié by Carine Simonet & Anne Guillard © Larousse, 2022

Current Chinese translation rights arranged through Divas International, Paris

巴黎迪法国际版权代理 (www.divas-books.com)

图书在版编目（CIP）数据

友谊 / (法) 卡琳·西蒙内特著 ; (法) 安妮·吉拉
德绘 ; 陈潇译. -- 深圳 : 深圳出版社, 2024.3
（儿童情绪管理与心理素质培养）
ISBN 978-7-5507-3887-4

Ⅰ.①友… Ⅱ.①卡… ②安… ③陈… Ⅲ.①儿童故
事—图画故事—法国—现代 Ⅳ.①I565.85

中国国家版本馆CIP数据核字(2023)第163335号

友谊
YOUYI

出 品 人　聂雄前
责任编辑　林凌珠
责任校对　黄　腾
责任技编　梁立新
装帧设计　龙瀚文化

出版发行　深圳出版社
地　　址　深圳市彩田南路海天综合大厦 （518033）
网　　址　www.htph.com.cn
订购电话　0755-83460239（邮购、团购）
设计制作　深圳市龙瀚文化传播有限公司 0755-33133493
印　　刷　中华商务联合印刷（广东）有限公司
开　　本　787mm×1092mm 1/16
印　　张　2
字　　数　10千
版　　次　2024年3月第1版
印　　次　2024年3月第1次
定　　价　38.00元